黃 獎 潮 讀 系列①

# 成長的寓言

著──黃　獎
繪──楊淳淳

U0164450

# 舊酒新囊　醇香依舊

我們在不同的人生階段，都會遇到不同的挑戰。能夠幫助我們應付那些不同的挑戰和困難，除了父母、親人、朋友、同學外，其實還有一個好幫手！他是誰？他就是古人的智慧。

中國傳統文化中蘊含着很多人生大道理、大智慧，特別是在先秦諸子的著作中，更有很多精彩的寓言故事，寄寓了很多充滿智慧的教誨。但那些古籍對今天的小朋友來說，可能艱難了一點；那些故事的情景，亦可能離開我們現在的生活遠了一些。

黃獎先生以一個又一個的寓言故事開始，簡單扼要地解說那個故事的寓意，更和讀者分享一些可以進一步演繹該寓言教訓的故事，讓讀者有機會去「想一想」，深入體會該寓言故事的教訓。分享的故事簡單易明，但卻發人深省，令讀者對於原來的寓言故事，可以有更深的體會。

新囊配舊酒，醇香卻依舊，實在是不可多得的佳作！

中國文化研究院　葉偉儀院長

# 潮讀、潮寫、潮學。

《黃獎潮讀①──成長的寓言》是一本很有趣的奇書。

共十五篇寓言故事，每篇由歷史典故開始，卻以現代角度，結合流行文化，讓讀者耳目一新，借古鑑今，笑看風雲，閱讀先賢先哲的傳奇人生，是充滿趣味的「潮讀」。

《黃獎潮讀①──成長的寓言》是一本很實用的專書。

黃獎學貫東西、精通古今，所引用的例子生動活潑，看似順手拈來，卻是匠心獨運，除了中國的神話故事，還有金庸名著《書劍恩仇錄》，以及美國動漫《蝙蝠俠》等，寫出非一般的文化精讀，是充滿啟發的「潮寫」。

《黃獎潮讀①──成長的寓言》是一本很適合學生、家長和老師的好書。

內文精彩，注釋豐富，除了教你四字成語的正確讀音和使用方法，更教你如何以正確筆順書寫這些文字，配以色彩繽紛的排版，增加年輕人的學習興趣，老師也可以溫故知新，設計出獨特教材，家長更可以把握親子樂的機會，和子女一同學習，是充滿互動的「潮學」。

《黃獎潮讀①──成長的寓言》，一字記之曰：潮。潮讀、潮寫和潮學，一本讓中國寓言得以昇華的潮書。

香港作家、大學講師　何故

# 創意也懷舊　墨守不成規

內地流行作家韓寒，在他的〈太平洋的風〉文中，記錄他往台灣旅遊的感想：「我們失去的他們都留下了」，他感謝香港和台灣，庇護了中華文化，把這個民族美好的習性留了下來，讓很多骨子裏的東西免於浩劫。

讀後，我只有「汗顏」二字。

我們留下了甚麼呢？也許，我們在城市發展的時候，還懂得尊重老建築，這是值得安慰的。不過，縱使保住了硬件，在文化普及方面卻沒有跟上，我們雖然還有搶包山、飄色、舞火龍，新光戲院也仍有粵劇表演，社區中心也有書法班，但這些文化活動都被邊緣化了，我們受得起這個「感謝」嗎？

我們無限重複往日的經典，似乎只是舊文化的殘喘，引不起新一代的興趣，再努力也只是徒勞。

某天，接到蕭潮順先生通知，他為了繼承黃霑前輩的心願，把香港的好聲音承傳下來，特別出版了一系列發聲書，以一種前所未有的新媒體，記錄演繹幾種本地文化，包括金庸武俠、戲曲、六十年代影壇故事等等，我忽然看見希望。

又過了一陣子，好友梁永能自台灣回來，他的「拉闊劇團」原來去了高雄演出九把刀的「上課不要看小說」，還要用廣東話

來演。怎麼台灣沒有劇團演這個戲？原來，當九把刀剛剛竄紅，還未拍電影的時候，「拉闊劇團」已經找他商議舞台劇版權，在流行文化這一塊，香港人的觸角還是敏銳的。

我忽然醒悟，許多看似已經式微的傳統或文化，其實只是轉了不同的形式載體，用不同的面目繁衍下去。在二〇一九年，我看過一部新版「花木蘭」粵劇，怎也想不到，在傳統表演模式之上，戲班加入與螢幕投影互動的環節，觀眾看到投影的野外風景快速移動，主角就像電玩中的角色，左右奔跑（原地跑），越過不同的障礙物，有趣生動！也許，只要靈魂仍在，並不需要拘泥道統的框架，當我們還有創作的熱情，傳統文化的核心價值在於創新。

所以，我寫中國古代的寓言故事，除了往古文典籍裏鑽，每一篇也和流行文化拉一些關係，包括武俠小說、美國漫畫、都市奇聞；談到「雕蟲小技」，我又會示範「鳥蟲體」的書法，讓大家看一種像畫漫畫一樣的文字，看看像鳥兒似的一筆一劃，希望大家感受到當中的趣味。

香港作家　黃獎

# 把文字變成圖畫的樂趣

收到要把成語變成插圖的工作專案覺得很有趣，透過插圖去表現成語故事裏的天馬行空，感覺到古人的智慧博大精深，一個詞語就能表達深遠含義。很多言語透過這簡約的四字成語就能傳達，包含着許多語意和對事物的借鏡，也隱藏着哲學和歷史的典故，在這次共同創作的過程中令我溫故知新。

透過作者黃獎的解說和以現代生活舉例，在插畫創作時更是穿越時空的想像，一方面很好奇古人發明出的語彙與寓意，一方面覺得這成語與生活中的某一個狀態好貼切，以這組固定短語來訴說，讓人可以馬上明白當下的狀況。

很開心這次能與香港明報教育出版合作，以繪本創作的方式來進入成語故事的世界，古往今來不少人都喜歡聽故事，讓我們能透過想像去到達更廣更遠的世界。

台灣插畫家　楊淳淳

# 目 錄

交朋結伴，志趣相近固然重要，

不同背景的同伴，

卻可以開啟新的視野。

# 天網恢恢

在古代中國，有一個朝代稱為「東周」，東周的前段時期稱為「春秋時代」，後段時期則稱為「戰國時代」。在春秋時代末，有一位著名的哲學家、思想家叫做「老子」，他是主張「道家」思想的始祖。

老子認為，在這個世界的運行中，是有一定的程序規律的，他稱之為「道」。換言之，我們的世界是一個完整的大系統，大系統下再分小系統，每個系統就如一張網，網中各個結點相扣，看似稀疏，但其實結合嚴密。而世界的規律是：「大家不需要你爭我奪，不需要刻意去說服別人，只要依從世界的自然法則，一切都會有妥善的安

12

排。這個規律看似疏鬆，卻無所不包。」如果為了達到目的而不擇手段，違背了自然世界的規律而行，最後不會得到甚麼好處，反而一定會受到傷害，得到惡報。

「天網恢恢」的原意，是說世界有自然規律，所以，若是不擇手段違反自然規律就會反而受其害。現代人習慣把「天網恢恢，疏而不漏」這句話，演繹成與法治制度掛上關係，代表犯法者必定逃不過法網，受到法律的制裁。

天之道，不爭而善勝，不應而善應，不召而自來，繟然而善謀。天網恢恢，疏而不失。

——《道德經》第七十三章

## 注 釋

天之道：自然的法則。

善：善於。

繟然：坦然，安然。繟，粵音「淺」，拼音「chǎn」。

天網：指自然的範圍。

恢恢：廣大、寬廣無邊。

疏：稀疏、疏落。

失：遺落、遺失。

古籍小知識

《道德經》相傳是春秋末年，道家始祖老子所著。全書約五千字，論述處世做人的哲學，其內容經傳抄多有不同。《道德經》共有八十一章，分為《道經》和《德經》兩個部份，第七十三章屬於《德經》的章節。

## 逃不過天羅地網

「天網恢恢」這個詞讓我想到一個寓言故事：小灰兔和小白兔是一對好朋友，忽然有一天，死神使者來敲門，告訴他們，兩個只能活一個，要他們用「包、剪、揼」來決定誰可以活下去。結果小白兔出「包」小灰兔出「剪」，於是小白兔被死神使者帶走了。小灰兔抱着小白兔大哭，說：「大家不是說好了，一起出『揼』嗎？」

小灰兔與小白兔原來說好了一起出「揼」，希望誰也不必跟死神使者走。但小白兔有了私心，以為出「包」贏了「揼」，就可以讓自己活下去；但小灰兔卻一心為小白兔着想，自己出「剪」輸給小白兔，牠就可以活下去。結果，陰差陽錯，天網恢恢，自私的小白兔沒有好結果，處處為別人着想的小灰兔活了下來。

當然，這是個創作出來的故事，但現實中，也有這種「巧合」。在二〇一四年七月，中國杭州市一間警察局接到一位女士報案，急需警察幫助。警員趕過去一看，原來是男女朋友鬧分手。

感情糾紛本來也常見，可是女士想分手，但男士卻不願

16

意，經常來纏住她，女士忍無可忍，只好報警。警察來到，聽他們說了半天，也有點看不下去了，就勸解：「分手這件事情，我知道你非常不願意，但女士不願意一起，你就好聚好散嘛……」就在這時候，女士大約是看到警察也站在她這邊，膽子一壯，對着前男友說：「你不要以為我怕你啊，我就知道，你是個逃犯！你要是再糾纏，我就去舉報你！來，你們把他抓起來審審看……」聽到「逃犯」兩個字，不僅警察耳朵豎起來，這男士的情緒一下子也變得很暴躁，似乎要有所行動，但警察果斷出手，將他扣住。

於是，劇情大逆轉，警察帶着這名「前男友」到派出所一查身份，他竟然真的剛被警方列為通緝目標，涉嫌於二○一三年敲詐勒索他人二萬八千元。類似的事情，時有所聞，說是天網恢恢，疏而不漏，非常貼切。

1 在報章上看看，有沒有「天網恢恢」的新聞報道？試選其中一篇，與家人分享。

2 在日常生活中，有沒有曾想過做一些不正確的事，但後來卻打消了這個念頭？為甚麼？

## 成語 這樣用

**1** 騙子以仿製品冒充古董，豈料**天網恢恢**，座上就有專家，即場把騙局揭破，立即報警把他拘捕。

**2** 包公說道：「作案之人，僥倖取巧，只能蒙蔽一時，不能長久隱藏，終有一天會暴露出來，此乃**天網恢恢**，疏而不漏。」（〈包拯套破釘殺案〉）

法網難逃

冥冥之中，自有主宰

逍遙法外

漏網之魚

天
4劃
一　二　干　天

網
14劃
ㄥ　幺　幺　幺　糸　糸
糸　糸　糸　細　絅　絅
絅　網

恢
9劃
丶　忄　忄　忄　忄　快
快　快　恢

拼 xiāng rú yǐ mò

# 相濡以沫

粤 soeng1 jyu4 ji5 mut6

老子過身許多年後，踏入了戰國時代，出現了另一位哲學家「莊子」，他與老子一樣主張道家思想，這個故事就是來自莊子的。

河中有兩條生活自在的魚，有一年遭遇大旱，這條河中的泉水乾涸了，牠們一同被擱淺在泥濘地上。兩條魚互相呼氣、吐出唾液抹到對方身上，以保持大家身體濕潤，才能繼續生存下去。莊子認為這兩條魚與其在這裏互相依賴，活得這麼辛苦，不如各自想辦法回到海裏，尋找屬於自己的世界，總比一起在困境中捱苦的好。

對於魚來說，這樣的生存環境並不正常，甚至是無奈的。回歸最自然的情況，當然是兩條魚都可以重回適合他們生活的大海，即使回到大海後他們便會各散東西，忘記對方，也會忘記那段「相濡以沫」的日子。

現在我們常常用「相濡以沫」來形容人與人之間的感情和義氣，在患難中互相扶持的感情。但更深層的意義在於後面一句「相忘於江湖」，寫的則是一種放下執着的豁達境界。

泉涸，魚相與處於陸，相呴以濕，相濡以沫，不如相忘於江湖。

——《莊子·大宗師》

## 注釋

涸：乾了。

呴：粵音「虛」，拼音「xǔ」，張開口呼氣、吹氣。

濡：粵音「如」，拼音「rú」，沾濕的意思。

沫：粵音「末」，拼音「mò」，指唾液。

江湖：這裏指的是真正的江水湖泊，而非武俠
　　　小說中的江湖。

古籍小知識

《莊子·大宗師》是《莊子》其中一篇，莊子採用寓言故事形式，文句幽默諷刺，對後世文學語言有很大影響。「宗」指敬仰、尊崇，「大宗師」意思是最值得敬仰、尊崇的老師。

# 囚犯與賽犬

澳洲流行賽犬，訓練了大量灰狗來參加比賽。有比賽就有輸贏，如果這些灰狗拿不到好名次，或者患上傷病被淘汰之後，就會被送進收容所。由於牠們長期接受訓練，性情和一般的狗很不一樣，不懂與人類相處，再加上外形兇猛，經常被誤以為具有攻擊性，所以很難找到願意收養牠們的人，於是，牠們大多數都只能被安樂死。後來，動物保護組織找到了 Bunbury 監獄，跟他們合作，把這些灰狗送進監獄，與囚犯作伴。

這是一所專門關押重犯的監獄，大部分囚犯都是兇神惡煞的大塊頭。計劃開始時，囚犯拒絕，覺得這個計劃純粹是為難他們，想給他們吃苦頭。沒想到，當這些灰狗被帶到監獄裏，一個頭髮花白的囚犯問獄警：「我能抱抱牠嗎？」這個大叔被判處了無期徒刑，已經在監獄待了超過三十年。當他說完這話，忍不住揉着灰狗的脖子，目光頓時變得溫柔起來。

另一名叫 William 的囚犯，他因為持槍搶劫被判監二十八年。當獄警讓他照顧灰狗 Connor 時，他反問：「為甚麼要幫你們照顧一隻狗？」但當 William 和灰狗 Connor 相處了一個星期之後，他發現 Connor 和自己一樣，外表暴躁強硬，但內心敏感脆弱。再過了一個月，William 對獄

警說：「這是我人生中，第一次感覺到自己被需要。」

囚犯們耐心地照顧、訓練灰狗，最後連自己的耐性也被訓練起來。人和狗成為了彼此的救贖，囚犯們每天的壓力都能得到紓解，得到陪伴，他們學到責任感，也培養了同情心，讓他們以後懂得遵守法律，重新做人。

為了鼓勵這些囚犯重新做人，監獄又規定，他們出獄後，可以帶着自己照顧的狗朋友離開。根據「監獄寵物計劃」的紀錄顯示，現在已經有四百多名囚犯帶着狗朋友出獄，而且，他們幾乎沒人再度犯法，令城中再次犯罪的比例大大降低。

在監獄中的生活當然是困苦的，但人和狗相濡以沫互相扶持，情況就變得不一樣了，令人更加感動的是，囚犯刑滿之後，可以帶着狗朋友出獄，一同生活，不用「相忘於江湖」，令他們更有改過自新的動力，絕對是好事。

 黃獎提提你

 想一想

1. 在現實生活中，舉一個「相濡以沫」的例子，簡述一下。

2. 我們的城市中有不少流浪動物，想一想有甚麼方法可以更好地對待牠們？

## 成語這樣用

**1** 每天黃昏，都有一對老夫妻來到這個公園的長椅上，一同欣賞日落，這些年來，大家都聽過他們經歷過無數難關，始終**相濡以沫**的故事。

**2** 街角的小店一直艱苦經營，賺不了多少錢，但老闆和兩個伙計總是**相濡以沫**，堅持為街坊提供服務。

**3** 曾祖父傳下來的老店舖即將被市場淘汰，兄弟們商討各自另謀出路改變生活，**相濡以沫**，不如相忘於江湖。

## 來換個說法

同甘共苦

生死與共

## 偏要唱反調

自私自利

各自為政

夫妻本是同林鳥，
大難臨頭各自飛。

**相**
9劃

| 一 | 十 | 才 | 木 | 朳 | 机 |
|---|---|---|---|---|---|
| 朾 | 相 | 相 | | | |

**濡**
17劃

| 丶 | 冫 | 氵 | 汀 | 沪 | 沪 |
|---|---|---|---|---|---|
| 汗 | 汧 | 澗 | 澗 | 澗 | 澗 |
| 澗 | 澗 | 濡 | 濡 | 濡 | |

**以**
5劃

| l | L | L | 以 | 以 |
|---|---|---|---|---|

**沫**
8劃

| 丶 | 冫 | 氵 | 汀 | 沪 | 沫 |
|---|---|---|---|---|---|
| 沫 | 沫 | | | | |

27

# 愛屋及烏

商朝末年，君主紂王窮奢極欲，殘暴無道。在商朝西邊有一個附屬於商朝的小國叫做「周國」，周國的首領周武王在軍師姜子牙的輔助下，出兵功打商朝。最後，周武王勝利了，紂王自焚，商朝滅亡，周武王建立了周皇朝，後來的歷史學家稱之為「西周」。

紂王死後，周武王召見姜子牙，問道：「我們攻佔了商朝的都城，應該如何處置舊王朝的士眾？」姜子牙說：「我聽說過這樣的話：如果喜愛那個人，就連他屋頂上的烏鴉也會喜愛；如果不喜歡那個人，就連他家的牆壁籬笆也令人厭惡。」姜子牙的意思很明白：對

於敵人，不能留情。另一大臣召公則認為把有罪的處罰，無罪的釋放，周武王認為都不行。

這時，周武王的弟弟周公旦上前勸說：「我看應當讓各人都回到自己的家裏，各自耕種自己的田地，君王應該用仁政來感化人民。」周武王聽了，豁然開朗，就照周公旦說的辦了，天下果然很快安定下來，西周也更強大了。

雖然周武王當時沒有聽從姜子牙的意見，但姜子牙一句「愛屋及烏」的形容卻流於後世，意思是愛上一個人或一件事，就連帶與他相關的不管是好是壞的都一併喜歡上。然而這段歷史小故事也讓我們明白：對別人的意見需要客觀分析，不能完全根據自己的好惡來決定！

紂死，武王皇皇若天下之未定。召太公而問曰：「入殷奈何？」太公曰：「臣聞之也：愛人者，兼其屋上之烏，不愛人者，及其胥餘。何如？」王曰：「不可。」

——《尚書大傳》

## 注 釋

皇：惶恐，「皇皇」指惶惶不安。

太公：姜子牙。

殷：商王朝的國姓，代表紂王的勢力範圍。

入殷奈何：進入殷商國土後，要如何處理他們的將士與百姓。

烏：烏鴉。古人認為烏鴉是不祥的，所以，連烏鴉也喜歡上了，就是誇張地形容，不理事物的本質，都一併喜歡了。

胥餘：村裏的角落牆壁。

古籍小知識　《尚書》是遠古時代至夏、商、西周君臣的講話記錄，類似文告、諭令、公文之類。《尚書大傳》是對《尚書》的解釋著作，不過，由於年代久遠，無法確定作者是誰。

# 由一隻貓來選皇帝

南宋時代是一個愛貓的時代，不僅民間百姓愛貓，皇室貴族也很喜愛貓。民間還有商人專門販賣逗貓棒、貓窩、貓魚與貓的衣服。

宋朝開國皇帝是宋太祖，但宋太祖死後，由他的弟弟繼位，是為宋太宗，於是就一直由宋太宗的後人，一代一代繼任為皇帝。話說南宋偏安江南以後，宋太宗的後裔宋高宗因為沒有親生的子孫後繼，要在近親子嗣中選一位繼承人。可惜的是在靖康之難的時候，金國把宋太宗的近親子嗣全部一網打盡。宋高宗要找繼承人，只剩下宋太祖一脈的遠親，宋高宗只好在這一脈中挑選繼承人，五千多個趙氏子孫中，選出一胖一瘦的兩個少年，由宋高宗親自面試。

宋高宗第一眼就喜歡小胖子，據說宋太祖和宋太宗都是胖子，他相信胖一點的看起來比較強壯。因此，當下決定賞賜瘦孩子三百兩銀子，把他打發回家，然後，立胖孩子當太子。

不過，人生就是充滿轉機！這時候，宋高宗養的愛

貓從胖孩子身邊經過，不知是甚麼原因，胖孩子踢了那隻貓一腳。宋高宗看到了，有點不高興，心想，這個胖孩子對一隻貓也如此殘忍，如果當起皇帝來，那還得了？一不小心，可能就是一個暴君！於是，就把兩個孩子都養在宮中，繼續觀察。最後，宋高宗發現瘦孩子果然是可造之才，踢貓的胖孩子原來不堪重任，最後就把瘦孩子立為太子，這個人就是後來的宋孝宗了。

皇帝愛屋及烏，他那麼喜歡貓，就自然不喜歡踢貓的胖子。不過若純粹因為這件事，就改變了大決策，也未免太兒戲了，但這一個小動作，卻令皇帝「停一停、諗一諗」，胖孩子繼成皇位的大好機會，就這樣錯失了。

黃獎 講故

想一想

1 你認為胖子踢貓的行為恰當嗎？為甚麼？

2 若你是宋高宗，你會用甚麼方法挑選繼承人？

**1** 小楊平日很喜歡這隻鸚鵡，除了因為牠可愛可喜，更因為是好朋友小安送給他的，真是**愛屋及烏**。

**2** 劉爺爺非常疼愛小兒子，**愛屋及烏**，連帶小兒子所養的小貓也十分寵愛，每次見面都為小貓帶來零食。

惜子憐孫

惜花連盆

株連族親

殃及池魚

一齊來寫字

**愛**
13 劃

ノ | ´ | ⼂ | ⼂ | ⺍ | ⺍

⺍ | ⺍ | 恶 | 恶 | 愛 | 愛

愛

**屋**
9 劃

⼘ | ⼍ | 尸 | 尸 | 居 | 层

居 | 犀 | 屋

**及**
4 劃

丿 | ⼄ | 乃 | 及

**烏**
10 劃

ノ | ⼂ | ⼂ | 户 | 户 | 烏

烏 | 烏 | 烏 | 烏

35

# 殃及池魚

東周的春秋時代，中原地區被分割成五個國家，當中的「宋國」，有一位任職司馬的人名叫桓魋，受到宋國君主景公的寵信，權傾天下，家財萬貫，還收藏了一顆絕世寶珠。後來桓魋因為犯了罪而潛逃海外，景公一心想要奪回那顆寶珠，派人追查桓魋問他寶珠的下落，他說：「寶珠扔到水池裏去了。」景公便下令淘乾池水尋找寶珠。結果，寶珠沒找到，池裏的魚卻全部缺水渴死了。

「殃及池魚」還有另一個故事，叫作「城門失火，殃及池魚」。話說有個地方，城門下面有個池塘，住着一群魚兒。

有一天，城門着了火，一條魚兒看見了便和其他魚說：「城門失火了，快跑吧！」但是其他魚兒都不以為然，認為城門離池塘很遠，用不着大驚小怪。沒想到，人們跑來池塘取水救火，火被撲滅了，而池塘的水也乾了，池裏的魚因此都遭了殃。雖然池塘的魚與城門的火，沒有直接關係，但魚兒賴以維生的池水卻能撲滅城門的火，所以表面上沒有直接關係的池魚，也因城門失火而受到牽連。

宋桓司馬有寶珠，抵罪出亡，王使人問珠之所在，曰：「投之池中。」於是竭池而求之，無得，魚死焉。此言禍福之相及也。

—— 《呂氏春秋》

## 注　釋

**桓司馬**：指桓魋（粵音「頹」，拼音「tuí」），
　　　　　此人任職司馬。

**抵罪**：犯法。

**出亡**：逃亡。

**竭池**：使池水乾枯。

**相及**：互相牽連。

古籍小知識

《呂氏春秋》由戰國末期政治家、思想家、秦相國呂不韋及其門人集編而成，是中國先秦戰國末期的一部政治理論散文彙編。內容以道家思想為主，兼收儒、名、法、墨、農和陰陽各先秦諸子百家言論，是雜家的代表作。

## 如果這世界蜜蜂消失了

記得有一年農曆新年親友聚會，幾個大人閒聊，談到環保話題。當時有八十位科學家在吉隆坡開會，向聯合國提出了一項研究報告，指出野生蜜蜂正迅速走向絕種，暫時原因未明，但相信與氣候變遷有關。馬上有人回應：「以後去燒烤，就可能沒有蜜糖了。」也有大人問：「蜂蜜是否投資工具，可以買期貨嗎？」

這時候，九歲的外甥女輕輕地說：「那怎麼辦？以後會不會沒有花？」我看着外甥女，的確有一點感動！當時，我覺得很奇怪，成年人的想法，似乎被困在一個固定模式，跳不出來；孩子的邏輯，反而更能一針見血。外甥女想得很對，蜜蜂就是傳播花粉的主要媒介，除了花之外，還有很多植物都是靠這個方法來繁殖的，直接影響農作物的收成，帶來糧食危機。

 全球大約有二萬種野生蜂，不僅每年給西方國家帶來了一百六十萬噸蜂蜜，

同時也扮演傳播花粉最大的角色。人類每吃三種食物，幾乎就有一種得力於蜜蜂傳粉，連穿的全棉衣服都要歸功蜜蜂。

根據「地球觀察」的報告，二〇一三年加拿大有三千七百萬隻蜜蜂死亡。蜜蜂消失確實令人感到憂心，從二〇〇六年起，已經出現大量養殖的蜂群神祕消失的現象。蜜蜂消失，不單影響蜂蜜的產量，還會減少糧食的生產，看似關連不大的災難，當中又有一種必然的因果關係。這次的「城門失火，殃及池魚」，可能是最大規模的一次。

想一想

1 你有甚麼方法去應對糧食危機？試提出三項建議，並從今天起，在你的生活中實踐。

2 一個星期後，自己評估一下，有沒有實踐自己的建議？

# 成語<br>這樣用

1. 在疫情蔓延的時候，為免**殃及池魚**，還是避免進出人多擠迫的場所，一不小心被感染了，就後悔莫及。

2. 樓下的雜貨店失火，雖然搶救及時，沒有造成傷亡，但樓上的住戶給濃煙薰黑了，真的是**殃及池魚**。

來<br>換個<br>說法

無妄之災<br>池魚之禍<br>禍及無辜

偏要唱<br>反調

幸免於難<br>並無瓜葛

一齊來
寫字

**殃**
9劃

一　フ　歹　歹　歹　殀

殀　殃　殃

**及**
4劃

ノ　ア　乃　及

**池**
6劃

丶　冫　氵　氵　沖　池

**魚**
11劃

ノ　ク　ク　刍　刍　角

鱼　鱼　魚　魚　魚

拼 yá zì bì bào

# 睚眥必報

粵 ngaai4 zaai6 bit1 bou3

東周後期的戰國時代，中原地區被分割為七個國家，當中有一個國家「魏國」有一位著名的政治家范雎，他能言善辯，很有學問，立志在魏國當官，但由於家中貧困，無法賄賂高官，所以沒有進入官場的門路；他甚至被魏國的相國魏齊侮辱，被扔進茅廁。後來，范雎僥倖逃生，到了秦國，改變了他的命運。

范雎來到秦國，向當時的秦國君主秦昭襄王建議，把魏國視為可被吞併的主要目標，得到秦王重視，被封為相國。范雎為人性情激昂，恩仇必報，掌權後先羞辱魏國的使者，之後，又迫使和他有仇怨的魏相國魏齊自殺。

不過，范雎最後還是失去秦昭襄王的寵信，不得不辭歸封地，不久病死。專門紀錄古代事蹟的《史記》對范雎的評價是「一飯之德必償，睚眥之怨必報。」即使別人請他吃一碗飯，他必會報恩償還；但要是別人瞪他一眼，他也一定要報仇。於是，從這裏誕生了一個常用成語「睚眥必報」，意為心胸狹窄，像被人瞪眼這樣的極小動作，他也視為一種仇怨，一定要報復。

其實，范雎在秦國的時候，也立下不少功勞，才可以升至相國的地位，不過，在《史記》的歷史記載中，對他的評語，都集中在他有仇必報的形象。

一飯之德必償，睚眥之怨必報。

—— 《史記·范雎蔡澤列傳》

## 注釋

一飯之德：一餐飯的恩德。

償：酬勞。

睚眥：瞪眼，比喻極小的仇恨。睚，粵音「涯」，拼音「yá」，眥，粵音「寨」，拼音「zì」，兩字分別的意思都是眼角。在古代神話傳說中，龍有九個兒子，其中老二的名字便是「睚眥」，生有豺狼的頭和龍的身體，性格剛烈，好勇鬥狠，喜歡把寶劍銜在嘴裏，經常瞪着一雙怒目，以增加自身的威勢。

報：報復。

**古籍小知識**

《史記》為西漢史學家司馬遷所著，記載上起黃帝時代下至漢武帝太初四年間共二千多年的歷史。全書包括十二本紀：記載歷代帝王政績；十表：大事年表；八書：記載各種典章制度的興廢沿革；三十世家：記載諸侯國和漢代諸侯、權貴興亡；七十列傳：記載重要人物的言行事跡，其中最後一篇為自序。

## 有仇必定要報嗎？

心胸狹隘，經常想着報仇，無論怎樣說，都是一種灰暗的人生。我想分享一個蝙蝠俠故事，和大家討論一下這一個課題。

韋布斯（Bruce Wayne）在十歲的時候，一個深夜裏，目睹父母被賊人槍殺。從此，他用過人的毅力，訓練自己成為了蝙蝠俠，立志令葛咸城不會再有這樣的罪案發生。大家有沒有發現，蝙蝠俠的戰鬥服很奇怪，全身灰黑色，但就有一個黃色的標誌放在胸前，好像叫人瞄準這兒開槍似的。在二〇一九年，蝙蝠俠漫畫 *Detective Comics* 第一千期的時候，就有這樣一個很特別的小故事。

小故事的開端，蝙蝠俠喬裝成一個普通人，把當年殺死他父母的手槍買了回來。他的管家 Alfred 看見，忍不住說：「這一件收藏品太沉重了！你把這把槍放在蝙蝠洞，朝夕相對，不是更加傷心嗎？」

豈料，蝙蝠俠把這把槍熔了，打造成為一塊護胸甲，墊在胸前蝙蝠標誌下面。他說：「我要幫這塊鐵片贖罪，它當年粉碎了一個孩子的心，孩子長大成人，它負責保護同一顆心！」這麼多年來，這塊鐵片原來經常出場，在不同的片段中，每一個奸角都朝這個位置攻擊，鐵片造成的護甲，的確保護了他！親自為他擋下無數致命攻擊！

這個小故事，擺脫了一般英雄與罪犯決鬥的故事，探討男主角內心，把仇恨轉化成力量，把「睚眥必報」轉化成為推進人生的動力。

想一想

1 如果你是范雎，你會怎樣對待曾經欺負你的魏齊？

2 你願意與「睚眥必報」的人做朋友嗎？為甚麼？

*1* 冤冤相報何時了，**睚眥必報**的行為，可能會得到一時的快意，但也會招來惡果。

*2* 最近調職過來我們部門的小李，是個**睚眥必報**的傢伙，大家還是少招惹他為妙。

換個說法

有仇必報

錙銖必較

偏要唱反調

大度包容

容人之量

宰相肚裏能撐船

## 睡
13 劃

| 丨 | 刀 | 月 | 月 | 目 | 目 |
| 目 | 目 | 目 | 目 | 睡 | 睡 |
| 睡 | | | | | |

## 皆
11 劃

| 丨 | 卜 | 止 | 止 | 止 | 此 |
| 此 | 皆 | 皆 | 皆 | 皆 | |

## 必
5 劃

| 丶 | 心 | 心 | 心 | 必 | |

## 報
12 劃

| 一 | 十 | 土 | 去 | 去 | 去 |
| 去 | 幸 | 幸 | 報 | 報 | 報 |

51

# 小樹苗的成長

填上適當的成語，組成正確的句子，讓種子變成果實纍纍的大樹吧。

種子落在土壤上面

1. 小治最疼愛妹妹，妹妹養了一隻貓，所以，小治也會去寵物超級市場，看看有沒有新的寵物零食，的確是 ＿＿＿＿＿＿＿ 的表現。

發芽了

2. 小佐是一個 ＿＿＿＿＿＿＿ 的人，如果開罪了他，他是不會輕易罷休的。

長出葉子來了

3. 愛德華和弟弟自幼無依，過了很多年 ＿＿＿＿＿＿＿ 的日子，故此，他們長大之後，兄弟間的感情非常融洽。

4. 胡迪自作聰明，在家中做化學實驗，一不小心弄了一場小火災，鄰家的小光被 ＿＿＿＿＿＿ ，哮喘發作，病了好幾天。

見到花蕾

5. 世間萬物都有各自的生長規律，人類雖是萬物之靈，但也不能隨意破壞大自然的生態法則，如果我們大量獵殺動物，砍伐森林，則 ＿＿＿＿＿＿ ，地球暖化，夏天酷熱，冬天消失，將會是人類的報應。

花開了

最後，結出了果實！

答案見頁 142。

甚麼是興趣？甚麼是夢想？

陶冶性情的是興趣，

追求極致的是夢想。

拼 yè gōng hào lóng

# 葉公好龍

粵 jip6 gung1 hou3 lung4

東周前期的春秋時代，其中一個國家「楚國」的葉縣縣令沈諸梁，名子高，人們稱他為葉公。他非常喜愛龍，身上的衣帶鈎、日常用的酒器，甚至家中的樑柱、牆壁、門窗都雕刻了龍的形象。葉公喜歡龍這件事，傳到了天上的真龍耳中，當牠知道凡間有人這麼喜歡牠，非常感動，決定從天上而降，來到葉公家裏看看他，要送他一個驚喜。

這天，真龍來到葉公家裏，牠把大大的龍頭伸進葉公的

56

窗戶，長長的龍尾拖進了廳堂。葉公一看是真龍，頓時嚇得失魂落魄，驚恐萬分，轉身逃跑了。

原來，葉公並不喜歡真的龍，他喜歡的，只不過是那些像龍的裝飾罷了。

「葉公子高好龍，鉤以寫龍，鑿以寫龍，屋室雕文以寫龍。於是天龍聞而下之，窺頭於牖，施尾於堂。葉公見之，棄而還走，失其魂魄，五色無主。是葉公非好龍也，好夫似龍而非龍者也。」

——《新序・雜事》

# 注釋

好：喜歡。

鉤：衣帶鉤。

鑿：古代飲酒用的器具。

屋室雕文：房屋上雕刻的圖案與花紋。

聞：聽說。

窺：偷看。

牖：窗台，粵音「有」，拼音「yǒu」。

施尾：拖着尾巴。

還走：轉身就跑。「還」在此處通「旋」。

五色：臉上的神采。

是：由此可見。

夫：這個。

古籍小知識

《新序》的作者是西漢時期的劉向，原本有三十卷，現只剩下十卷，當中有五卷就稱為「雜事」，書中記錄了一些歷史故事和傳說。

# 用心良苦的爸爸和創作人

「葉公好龍」的故事諷刺說一套做一套、口是心非的人。表面上喜歡某件事，但實際上當他真正接觸了那件事之後卻得來相反的反應。和大家分享一個生活小故事，我的外甥女喜歡小動物，但所住的屋苑不准養狗，一直都覺得遺憾。於是，我便帶她去狗狗咖啡室，那兒的老闆養了幾條雪橇狗和秋田犬。沒想到，狗太熱情，反而把外甥女嚇着了，不敢上前與牠們玩，我一直笑稱為「小妹好狗」。

然而，在西方有一句諺語「Do as I say, not as I do.」意思是「照我所說的去做，但不要模仿我的行為。」例如吸煙的父親對兒子說：「吸煙是不健康的，不要學我一樣吸煙！」在表面看來這是表裏不一的行為，但事實上在父親心目中有一套理想的標準，只是自己無法完美地實踐出來。始終，生而為人，不能夠所有事都做得完美，只要盡力而為，無愧於心就好。

在美國漫畫的創作中，有一個小插曲，也反映了這個概念。漫威漫畫（Marvel Comics）在一九七四年創造了制裁者（Punisher）這個角色，一直用極度暴力的手段對付罪犯。這樣的一個人物，和其他講求法治的漫畫英

雄，有很大的分別，反倒吸引了不少捧場客。不過，在二〇一九年的 *The Punisher* 漫畫中，制裁者親口說出一句對白：「執法人員不應暴力！」這句話，由制裁者來說，似乎很諷刺，不過，他是認真的！

故事中，有兩個警察視他為偶像，來找他一起自拍，他竟然冷淡地跟他們說，不要效法這種作風，勸喻大家用守法的途徑維持治安，他說：「我和你們是不一樣的，你們發了誓，要依法執法，這方面，我已經放棄了。如果你們要找一個榜樣，應該找 Captain America。」兩個警察還未反應過來，制裁者又說：「如果讓我發現你們仿效我，一樣用私刑，我不會放過你。」

這只是一段小插曲，和故事主線沒有關係，卻引來不少討論。為甚麼制裁者會這樣說？是不是在他心目中也埋藏着一個與自己行為大相徑庭的理想？當然，這是漫畫編劇的安排，由漫畫主角親口說出，執法者不應濫用暴力，可見創作人的苦心，不是一味追求銷量，取悅讀者！這樣的創作人值得敬佩！

英雄漫畫慣常使用武力戰鬥場景，但這只是一種說故事的形式，在正邪角色之間分出勝負，漫畫創作人本身卻未必真正喜歡暴力，想深一層，這也是一種「葉公好龍」的現代版。

1 如果武俠小說不寫打鬥，你認為是不是武俠小說？

2 有沒有試過一些經驗，以為自己很想去一個地方（或玩一個遊戲），但去過之後，覺得不是自己所喜歡的？

## 成語這樣用

1 妹妹愛看動物紀錄片，以為自己很喜歡小動物，但原來**葉公好龍**，她每次看見鄰家的小狗，總是害怕得躲在我的後面，更遑論喜歡了。

2 你說喜歡游水不能只是**葉公好龍**，要想辦法剋服怕水的心情，努力練習正確姿勢才行。

口是心非

表裏不一

名副其實

知行合一

一齊來寫字

**葉** 13劃

| 、 | 十 | 十 | 艹 | 艹 | 芋 |
|---|---|---|---|---|---|
| 苹 | 苹 | 芦 | 莘 | 華 | 葉 |
| 葉 | | | | | |

**公** 4劃

| ノ | 八 | 公 | 公 |
|---|---|---|---|

**好** 6劃

| く | 丈 | 女 | 奵 | 好 | 好 |
|---|---|---|---|---|---|

**龍** 16劃

| 、 | 亠 | 亠 | 立 | 立 | 产 |
|---|---|---|---|---|---|
| 产 | 肯 | 肯 | 育 | 龍 | 龍 |
| 龍 | 龍 | 龍 | 龍 | | |

63

拼 kè zhōu qiú jiàn

# 刻舟求劍

粵 hak1 zau1 kau4 gim3

有一個楚國人在渡過江河途中，不小心把
佩劍掉到水裏，他不慌不忙地在船邊刻了
記號，跟旁人說：「我的劍就是在這個地方
掉下去。」過了一會，船渡過了江後停了下
來，這個楚國人從他刻下記號的地方跳到水
裏尋找掉到水中的劍。船繼續行駛，但是劍
在掉在江裏時己沉入水底，沒有隨
着船向前進，像這樣尋找劍，
怎可能找得到？

「刻舟求劍」的故事是勸勉為政者要明白世事萬物都處在不斷變化之中，若國家政法不知改革，不隨時代進步變通，就無法治理好國家，後來引伸為比喻固執不懂變通、墨守成規、拘泥成法之意。同樣，我們也應該明白，在待人處世中以靜止的眼光來看待變化發展的事物，必將導致錯誤的判斷。

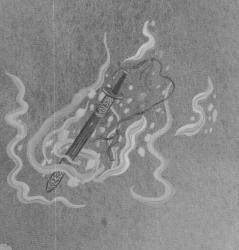

楚人有涉江者，其劍自舟中墜於水，遽契其舟，曰：「是吾劍之所從墜也。」舟止，從其所契者入水求之。舟已行矣，而劍不行，求劍若此，不亦惑乎！以故法為其國與此同。時已徙矣，而法不徙，以此為治，豈不難哉？

——《呂氏春秋》

## 注釋

涉江：渡江。

遽：立刻。遽，粵音「巨」，拼音「jù」。

契：用刀雕刻。

惑：困惑，迷惑。

故法：舊的方法。

徙：遷移，變遷。

## 刻板記號尋戒指

「刻舟求劍」的典故，令我聯想起一個西方故事。有一天晚上，一個醉漢在街道邊一條燈柱下尋找他所遺失的鑰匙，旁人好心前來幫忙。兩人繞着燈柱，找了又找，但始終遍尋不着。那人問他：「你確定是在這裏遺失你的鑰匙嗎？」醉漢回答說：「我記得是在街角處掉了的。」那人感到奇怪，問他：「既然你在街角遺失鑰匙，為何來這裏尋找呢？」醉漢回答說：「因為這裏有燈光，比較好找啊！」

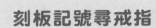

寓言要說得生動，自然難免誇張，我們有時會取笑古人行為守舊，自以為現代人就一定聰明百倍，哪想到，許多時我們的愚昧，也出乎古人的想像。

有一位小友，和心中女神剛開始發展，還在曖昧階段，適逢女神生日，正想買一件有心思的禮物來表白，損友們居然提議送戒指，小宅男花了好一陣子琢磨，究竟是否應該採取這個建議。

無巧不成話，女神「血拼」購物，小宅男奉命陪同，在尖沙咀行街之際，女神在一家小店觀賞一系列懷舊首飾，對女店主講授古代美學與現代設計結合的概念聽得

津津有味，女神明顯仰慕大姐姐優雅博學，小宅男看見女神把玩一枚戒指，便暗地記在心上。

往後的情節很容易想像，小宅男儲足「彈藥」，重臨尖沙咀買戒指，網友們一味推波助瀾，他懷着興奮心情出發。豈料，當天下午，我收到了他的電話：「我找了兩個小時，也找不到那間小店！」

我暗忖，莫非市道不濟，這麼快便關了門？抑或是小友上街不多，平日的生活只是在學校和家之間往返，本身是個路痴，所以不熟悉地方？「我明明記得小店門前有一家莎莎化妝品店，哪知道我來到莎莎門前，一切店舖都變得不一樣了！」「刻舟求劍」有了一個新的版本，我稱之為「莎莎求店」。尖沙咀商舖林立，無法數得清有多少家「莎莎」，以此為標記，能夠找到才是怪事。

想一想

1 世界不斷變遷，問問父母，你住的地方附近，曾經有過甚麼建築或商店，現在已經不見了？

2 留意一下，街上有甚麼新的商店，成為一種潮流？

1 這個社會瞬息萬變，每天都有新的問題出現，我們若然老是想用舊方法去面對新困難，其實就等於**刻舟求劍**，永遠不會找到答案。

2 我們做科學研究，要隨着客觀因素的變化來處理問題，不能**刻舟求劍**，一本通書讀到老。

3 蘇東坡曾經寫過兩句詩自嘲：「堪笑東坡痴鈍老，區區猶記刻舟痕。」當中也用了**刻舟求劍**的典故。

墨守成規

緣木求魚

食古不化

因時制宜

見機行事

**刻** 8劃
、　亠　亡　亥　亥　亥
刻　刻

**舟** 6劃
ノ　丿　力　舟　舟　舟

**求** 7劃
一　丁　寸　求　求　求
求

**劍** 15劃
ノ　人　스　仐　合　合
合　命　命　僉　僉　僉
僉　劍　劍

# 玩物喪志

周國的君主周武王戰勝了商朝的紂王後，建立了周皇朝，開始與其他民族往來。西方小國送來一種叫做「獒」的大獵犬，周武王非常喜歡，他的大臣擔心周武王會因此荒廢朝政，於是寫了一篇文章〈旅獒〉來勸諫，免他沉溺玩樂而荒廢朝政。

〈旅獒〉中提到：「好皇帝注重品德，所以周圍的民族都來歸順。不論遠近，都貢獻各方物產，好皇帝把這些貢品展示給異姓的國家看，使他們不要荒廢職事；賞賜給同姓的國家，表達親愛之情。有品德的人，不會欺負別人，戲弄別人就是喪德，沉迷玩物就會喪志。自己的意志，要依靠道來守護；別人的言論，要依靠道

來聆聽。」周武王看了這篇文章，深受啟發，果然沒有「玩物喪志」，把國家治理得很昌盛。

同樣是皇帝，春秋時代衛國的第十八代君主衛懿公便沒有這樣忠心勸諫的大臣了。衛懿公特別喜歡養鶴，整天弄鶴為樂，常常不理朝政。

他讓鶴享用奢華的生活，鶴乘坐的車子，比國家大臣所乘的還要豪華。養鶴耗費了大量財產，引來百姓怨聲載道。直至北狄部落侵入衛國國境，衛懿公命軍隊前去抵抗。將士們氣憤地說：「既然鶴享有這麼高的地位和待遇，現在就讓鶴去打仗吧！」衛懿公沒辦法，只好親自帶兵出征，結果戰敗而死。後來，世人就把衛懿公的行為稱作「玩物喪志」。

明王慎德，西夷咸賓。無有遠邇，畢獻方物，惟服食器用。王乃昭德之致於異姓之邦，無替厥服；分寶玉於伯叔之國，時庸展親。人不易物，惟德其物！德盛不狎侮。狎侮君子，罔以盡人心；狎侮小人，罔以盡其力。不役耳目，百度惟貞。玩人喪德，玩物喪志。志以道寧，言以道接。

——《尚書·旅獒》

## 注釋

**明王**：聖王，睿智有遠見之王。

**西夷咸賓**：其他國家都來歸順。

**遠邇**：遠近。

**惟服食器用**：只是一些衣服飲食器具。

**伯叔之國**：友邦、鄰國。

**易物**：將性情轉移至其它物件之上。

**惟德其物**：惟有一心一意地施行德政。

**不役耳目**：不為耳目所勞役。

**玩**：玩弄戲玩。

**喪德**：喪失德行。

**玩物**：以器物為戲弄。

**喪志**：喪失志氣也。

## 把「玩物」發展到極致

宋朝皇帝宋徽宗是個大藝術家，他創立的「瘦金體」是書法中的一大經典，但他太醉心藝術，卻成了亡國的皇帝。南唐的李後主，是一個千古傳誦的文學家，被稱為「詞聖」，不過，南唐一樣在他手上滅亡。還有明朝的明熹宗，特別喜歡木工，是有名的「木匠皇帝」，當時的奸官魏忠賢總是趁他全神貫注地做木工時，拿重要的奏章去請他批閱，熹宗經常隨口便說：「朕知道了，你們決定吧。」於是魏忠賢逐漸專權，擾亂朝政。

現在看來，這些都是正常不過的嗜好，甚至可以說，書法、作詞與木工藝術，都是一般人認可的興趣，發展到極致，也可以成為一代宗師。不過，做皇帝就未必有這樣的自由，去追尋自己的夢想了，因為皇帝的一言一行，都會影響國家社稷，真是「權力越大，責任越大」。

玩物未必一定喪志，但要把興趣發展為成就，尚有許多因素要考慮。當對一件事沉迷到忘我的境地，也可能對身邊人造成影響。在二〇一五年，英國有本雜誌選出了全國最乏味的男人，當時有一位 Nick West，

就憑他收集啤酒罐的嗜好，擊敗了所有對手。Nick 本身也不是普通人，他智商高達一百四十七，但他的聰明頭腦絕不等於有幽默感。他家中珍藏了九千三百個啤酒罐，他的妻子說：「他為了選擇一罐『完美的啤酒』，會在超級市場呆站十五分鐘。新婚的時候，有兩周蜜月假期，他竟然帶我去美國，花了整整一個星期參加啤酒會議。」

Nick 和妻子結婚四十年，妻子一直陪伴着這個「悶蛋」丈夫，容忍他接近強迫症的完美主義，可謂忍耐力超凡。從這個例子可以看到，「玩物喪志」，怎樣也會影響到身邊的人，只不過，有些人運氣特別好，可以找到不斷容忍的伴侶；有些人身處高位，反而沒有這種運氣。

1. 你有沒有甚麼嗜好，希望可以變成你的事業？

2. 如果嗜好變成了事業，天天都要做同樣的事情，你還可以保持興趣嗎？為甚麼？

# 成語 這樣用

1. 小時候，父親一向都鼓勵我培養各方面的興趣，但亦不忘告誡我，不可以**玩物喪志**，荒廢學業。

2. 陸先生整日沉迷古玩字畫，大家以為他**玩物喪志**，不事生產，沒想到，他後來成為了研究古董的專家，蜚聲國際，真的是始料不及。

不務正業
好逸惡勞

業精於勤
術有專精
專心致志

一齊來寫字

**玩** 8劃
| 一 | 二 | 干 | 王 | 玕 | 珏 |
|---|---|---|---|---|---|

| 玕 | 玩 | | | | |
|---|---|---|---|---|---|

**物** 8劃
| ノ | ⺧ | 牛 | 牛 | 牜 | 牞 |
|---|---|---|---|---|---|

| 物 | 物 | | | | |
|---|---|---|---|---|---|

**喪** 12劃
| 一 | 十 | 卄 | 吐 | 吐 | 吏 |
|---|---|---|---|---|---|

| 吏 | 吏 | 壺 | 壺 | 喪 | 喪 |
|---|---|---|---|---|---|

**志** 7劃
| 一 | 十 | 士 | 吉 | 志 | 志 |
|---|---|---|---|---|---|

| 志 | | | | | |
|---|---|---|---|---|---|

# 掩耳盜鈴

東周前期的春秋時代，晉國世家中的趙氏勢力強大，滅掉了范氏。有人趁機跑到范氏的家裏，想偷點東西。看見院子裏吊着一口大鐘，用上等青銅鑄成的，非常精美。小偷心裏高興極了，想把這口青銅大鐘偷回去。可是，這個鐘又大又重，怎麼也搬不動。

小偷左思右想，讓他想到了一個好辦法，那就是把鐘敲碎，然後再把碎片搬回家。於是，他找來了一把大錘子，拼命朝鐘砸去，「噹」的一聲巨響，把他嚇壞了：這下可糟了，這鐘聲會把大家都引來，就會看到我正在這裏偷鐘了！

小偷上前抱住大鐘想把鐘聲掩蓋掉，但大鐘聲響徹雲霄怎能蓋得住？他情不自禁放開大鐘使勁捂住自己的耳朵……咦！小偷發現鐘聲變小了！於是，他想到了一個好辦法，找來兩個布團，把耳朵塞住，心想，這樣子，誰也聽不見鐘聲了，然後放心地砸起鐘來。一下一下，鐘聲響亮地傳了開去。人們聽到鐘聲，一起趕來，把小偷捉住了。

范氏之亡也，百姓有得鐘者，欲負而走，則鐘大不可負。以椎毀之，鐘況然有聲。恐人聞之而奪己也，遽掩其耳。惡人聞之；可也；惡己聞之；悖也。

——《呂氏春秋》

82

## 注釋

**范氏之亡也**：范氏是春秋末期晉國的貴族，被其他貴族打敗後，逃亡齊國。

**鐘**：古代的打擊樂器。

**負**：背負。

**則**：但是。

**椎**：大鎚子。

**況然**：形容鐘聲。

**遽**：粵音「巨」，拼音「jù」，立刻。

**惡**：害怕。

**悖**：本意是指迷亂，這裏是荒謬的意思。

## 自欺的年齡

偷鐘的人自作聰明，做出了自欺欺人的事，以為自己看不到、聽不見，其他人也都會看不到、聽不見，其實他只是欺騙了自己，別人都看在眼裏。荷蘭知名正念大師、勵志演講人泰爾班特（Emile Ratelband），在他六十九歲的時候，向法院申請，希望把自己的年齡改為四十九歲。原來，他做了身體檢查，醫療報告顯示他的身體狀況與一個四十五歲的人無異，他希望在身份證上更改年齡，在法律上令自己變得更年輕，可以提高他結交女朋友的機會。

他接受報章訪問時，說道：「一個人可以改名，可以變性，那為甚麼不可以更改年歲？」他更表示，每當他如實報上自己的年齡，就會受到限制，影響他找工作的機會，也沒辦法結交女朋友，故此，他希望可以把年齡改少二十年。

更改出生年份，意味着在法律上刪去了人生的一部分。看着老伯伯的皺紋與白色鬍子，即使如他所求在身份證上更改年齡，也不能代表他可以抹去那二十年

的經歷與存在證據。如果他真的篡改身份證的出生年份，那麼在那二十年間他的父母與朋友遇到的那個人，要怎麼定義？

其實年齡只是個數字，我們的心理與思想才是顯示年輕與年老的重要標準。在北京，有一位八十多歲的老爺爺黃德順，站上了舞台當起時裝模特兒來。他雖然頭髮與鬍子都全白了，但他一直鍛鍊，身上的肌肉充滿彈性和生命力，比年輕人不遑多讓，眼睛閃着光芒，完全沒有一點衰老的樣子。

這位中國「最帥爺爺」，還開玩笑地說：「大家以為我應該穿着長袍，上面繡着『長壽』兩個字，對不對？」他就是憑真正的努力，告訴大家，年齡在他身上，沒有留下太多痕跡。

想一想

1 假如你是荷蘭政府，你會同意為泰爾班特改寫年齡嗎？為甚麼？

1 在網絡世界，企圖用假名隱瞞自己的身份在網上發表不負責任的言論，不過是一件**掩耳盜鈴**的事，若是犯了錯，也一定可以被查出來。

2 阿成把各份暑期作業的第一頁做好，然後就交給老師，希望蒙混過去，那當然是**掩耳盜鈴**的做法，最後一定會被揭穿的。

自欺欺人

弄巧反拙

光明磊落

開誠布公

一齊來寫字

**掩**
11劃
一　丁　扌　打　扩　抙
抙　抣　掩　揜　掩

**耳**
6劃
一　丆　丌　丌　耳　耳

**盜**
12劃
丶　丶　氵　氵　沪　汐
次　次　咨　盗　盗　盜

**鈴**
13劃
丿　𠂉　𠂉　𠂉　午　令
金　金　釒　釤　鈴　鈴
鈴

87

# 朝三暮四

戰國時代的哲學家莊子講的一個寓言故事：宋國有位養猴人養了一群猴子，並以此維生。他對猴子說：「每天早上分給你們三個果子，晚上分給你們四個果子好不好？」猴子覺得不夠，白天才得到三個果子，怎麼吃得飽？於是堅決不同意，紛紛要求增加伙食，養猴人就說：「那麼就早上吃四個，晚上三個吧。」猴子聽了之後，覺得白天多了一個果子，總算吃得飽了，認為待遇有改善，感到非常滿意。但其實不管是「朝三暮四」還是「朝四暮三」，每天還是一樣只有七個果子。

「朝三暮四」與「朝四暮三」只是改了
名目，實際上沒有變化，賣藝人欺騙猴
子，讓猴子認為早上的數量變多了，從
而得到滿足，這個寓言比喻有人巧立名
目，去欺騙別人。

莊子用這個寓言來諷刺養猴人與猴子
們，養猴人只懂利用小聰明，玩弄機心
但沒有從根本上解決問題；而猴子則愚
昧無知，得到小恩小惠後便不顧原則。
後來「朝三暮四」以其字面意思演變為
形容見異思遷，反覆無常。

狙公賦芧，曰：「朝三而暮四。」眾狙皆怒。曰：「然則朝四而暮三。」眾狙皆悅。名實未虧而喜怒為用，亦因是也。

—— 《莊子‧齊物論》

## 注釋

狙公：古時善於養猴子的人，狙粵音「追」，拼音「jū」，猴子。

賦：給予。

芧：橡樹的果子。

朝：早上。

暮：夜晚。

虧：耗損、減少。

古籍小知識

《莊子‧齊物論》是《莊子》其中一篇，莊子認為世間萬物的表狀雖然各有千秋，但歸根結底都是一樣的，沒有所謂的美醜、是非、貴賤之分，是為「齊物」。

黃猴潮讀

## 語言的偽術

在現代社會，人類說話的藝術高明了許多，對事情的演繹方法，多了不少花樣。說的人和聽的人鬥智鬥力，我們有時是養猴人，不過，更多時候，我們扮演的是猴子。如果你一心想着要做養猴人，用說話技巧去愚弄旁人，須知道，我們的對象其實也是人類，不是猴子，大家的智力水平不會相差太遠。謊言是很容易被拆穿的。近年，流行一個詞語叫做「語言偽術」，取「藝術」的諧音，其實就是指這種自以為說話技巧勝人一籌，意圖蒙騙的做法，當然是貶意的。要知道，「朝三暮四」這個故事，諷刺的是養猴人，不是猴子。

當然，我們有時也會笑猴子愚蠢，被人欺騙了，不過這種事情還是會每天發生，就像超級市場賣的東西，同一種類同一品牌的產品，會出現不同的包裝，產品的實際份量也往往跟價格不成正比。或者隨送一些看似實用，但帶回家後卻用不上的贈品，價格稍微提高了，消費者卻混然不知，還以為「有着數」。

要注意的是，「朝三暮四」不是「朝秦暮楚」。我們經常把「朝三暮四」和「朝秦暮楚」兩個詞混為一談。「朝

秦暮楚」源於戰國時代，秦和楚兩個大國互相對抗，其他小國呢？大家看形勢，有利可圖就和秦國結交，利益改變時就奉楚國為盟主，變化無常。所以，後人以「朝秦暮楚」來形容人反覆無常，是一個貶義詞。

現在，大家經常誤以為「朝三暮四」與「朝秦暮楚」是同一意思，其實，是把「朝秦暮楚」的涵意，轉移到了「朝三暮四」身上，從而失去了「朝三暮四」本身的意義。我們有時會說「現在的年青人工作沒有恆心，經常轉換工作，朝三暮四。」這當然不是說他上午做三份工作，下午又做四份工作。在這例子中應該用「朝秦暮楚」，不過，許多人都習慣了這種用法，又沒有必要去指責，自己不要用錯成語，那便足夠了。

 黃獎提提你

 想一想

1 試用「朝三暮四」和「朝秦暮楚」分別作句。

2 如果老闆決定不再以月薪模式發放薪金，改為每周發薪一次，是否「朝三暮四」的做法？為甚麼？

93

成語這樣用

1 信用卡公司推出不同的借錢方法，令客戶眼花繚亂，其實只是一堆數字遊戲，**朝三暮四**，最後的還款總數還是沒有改變。

2 老師指導班長如何製定本班規則，首要的原則，就是要清楚說明每一項規定的原因，切忌**朝三暮四**，胡亂運用語言技巧，蒙蔽同學。

3 喬治去了英國讀書，在這期間，聽了些謠言，誤會了他的女朋友，以為她是個**朝秦暮楚**的人，傷心不已。幸好後來解釋清楚，冰釋前嫌。

來換個說法

玩弄權術

朝令夕改

偏要唱反調

緊守原則

墨守成規

**朝**
12劃

| 一 | 十 | 十 | 古 | 古 | 古 |
|---|---|---|---|---|---|
| 直 | 卓 | 朝 | 朝 | 朝 | 朝 |

**三**
3劃

| 一 | 二 | 三 |
|---|---|---|

**暮**
15劃

| 丶 | 十 | 十 | 艹 | 艹 | 艹 |
|---|---|---|---|---|---|
| 苎 | 苔 | 苴 | 莫 | 莫 | 莫 |
| 幕 | 暮 | 暮 | | | |

**四**
5劃

| 丨 | 冂 | 冂 | 四 | 四 |
|---|---|---|---|---|

95

小妹妹到樹林裏遊玩，看到前方有一隻小貓咪，但小貓一轉眼就跑走了，你能在這條石路上把對的成語連接起來，順着成語之路把小貓找出來嗎？

入口

愛 屋 及 寒
天 辰 烏 張
宇 往 睚 宿 求
必 皆

何 日 報
以 濡 相
沫 殃 繼　　暉 生
黃 及 池 荒 恢 恢
數 魚 天 網 慶

小貓

96

船 舟 求 劍 地

列 刻 木 朝 三

秋 盈 鈴 盜 玄 暮 米

掩 耳 夢 四 易

出 口

不見了 龍 喜 人

好 公 橫

物 喪 志 葉 未

玩 東 植 芽

答案見頁 142。

# III

人生之中沒有真正的失敗，

只要你認真去實踐，

就只會得到兩個結果：

成功，或者學到一些經驗。

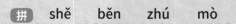

拼 shě běn zhú mò

# 捨本逐末

粵 se2 bun2 zuk6 mut6

這個故事也是發生在戰國時代，齊國的君主齊王派遣使臣前往趙國拜訪趙威后，以示友好。趙威后是趙國君主趙惠文王的王后，趙惠文王死後，王子孝成王年紀尚幼，於是有一段時期由趙威后親自管理趙國政務。趙威后接待齊國來訪的使臣，並問道：「久未問候，貴國的農產豐收嗎？人民安樂嗎？君主健康嗎？」使臣很不高興，便回話道：「我是奉了齊王之名前來問候您的，可是您不先問候敝國國君，反倒先問起莊稼收穫，這分明是先賤而後貴。難道您認為，一個君王，會比不上莊稼和百姓重要嗎？」

趙威后聽了之後，反而笑着對使臣說：「你這樣看就錯了！沒有莊稼，如何養活人民？沒有人民，又哪來君王？這不是貴賤之分，而是本末之別啊！難道說要先捨根本，去問那些末節嗎？」

齊國使臣聽畢這番話後，非常佩服趙威后，並為自己剛才的態度感到慚愧。

中國自古以農耕為本業，如果捨棄農耕，只重視宮廷禮儀，那就是拋棄事物的根本，追求枝節。比喻做事抓不住問題的重點，而只把注意力放在細枝末節之上。

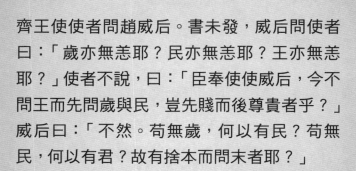

齊王使使者問趙威后。書未發，威后問使者曰：「歲亦無恙耶？民亦無恙耶？王亦無恙耶？」使者不說，曰：「臣奉使使威后，今不問王而先問歲與民，豈先賤而後尊貴者乎？」威后曰：「不然。苟無歲，何以有民？苟無民，何以有君？故有捨本而問末者耶？」

　　　　　　　　——《戰國策‧齊策四》

## 注 釋

**使使者**：第一個使為動詞，派遣；第二個「使者」
為名詞。

**書未發**：書信還未打開看。

**歲**：歲收，即每年的農作物收成。

**恙**：病，在此引申為毛病、問題。

**說**：與「悅」相通。

**奉**：奉命。

**不然**：不是這樣的。

**苟**：假如。

古籍小知識

《戰國策》是歷史學的名著，由漢朝的劉向編訂，但此
書的原作者不詳，並非在一個時期內由一個人所寫。
這本書記載的多是東周後期各國混戰的歷史情況，不同
的君王找來謀略專家，擬定政治主張和外交策略。這段
時期歷史學家稱為「戰國時代」，因此這本書也定名為
《戰國策》，〈齊策四〉指戰國時代齊國的策略第四篇。

## 甚麼才是最重要的事

在上世紀八十年代，香港漫畫《中華英雄》可以說是武俠漫畫中的奇葩，更在一九九九年被拍成電影，風靡一時。但在武俠故事的世界中，常常有一些主角走了歪路，導致走火入魔，跌入萬劫不復的境地。《中華英雄》中的一對奇怪師徒，刀中不二和無敵，就令我留下深刻印象。

這兩師徒都是來自日本的武痴，為了在刀法上達到最高境界，兩人都把自己的眼睛弄瞎了，好讓自己不受外界誘惑影響修練。兩師徒一別十二年，各自修練，重逢之後，師傅刀中不二發現徒弟無敵的武功進步了，能夠做自己的對手，於是找來收藏已久的寶刀，要和無敵比武，說明這是生死對決。

在比武的過程中，兩人的武藝都被對方啟發，大幅提升，雙方甚至同時創出一樣的最強絕招，難分高下。不過，無敵的佩刀稍遜一籌，傷痕累累；刀中不二在兵器方面佔盡上風，躊躇滿志之際，忽然發現寶刀也被砍崩了一個缺口，登時心神一亂！無敵把握時機，馬上出招。刀中不二因為不捨得用愛刀招架，電光火石之間放下了寶刀，用雙掌來迎戰，夾着無敵的刀。刀中不二果然是最強刀客，雖然只是用肉掌接刀，無敵也無法把刀抽回來，雙方僵持不下。最後，無敵硬生生把刀震斷，

再以斷刀擊敗刀中不二！刀中不二戰敗，不是因為武功不及，而是因為對寶刀生出感情，不捨得寶刀受損，結果付出了生命。

除了武俠小說，現實中也有這種捨本逐末的故事。在十九世紀以前，由於還未發明麻醉技術，所以，外科手術的成功機率很低，甚至不少人是在手術中途活生生地痛死！當時，有一位蘇格蘭醫生 Robert Liston，以手術快而聞名，可以減少手術中出血過多，也能夠縮減疼痛時間，在當時被視為救命神醫，相信也可冠以「無影刀」、「閃電刀」之類的外號。他到底有多快？據說，他能在四分鐘內取出四十五磅重的腫瘤；又曾經在兩分半鐘內，完成一條腿的截肢手術。

不過，在一八四七年，他創下了一個百分之三百死亡率的手術紀錄。原來，Liston 在二十五秒內完成了一宗截肢手術，但由於速度太快，不小心把助理的手指割了下來，令助理死於敗血症；又把觀摩醫生的白大衣也給鋸爛，令對方當場嚇死；最後，連病人也因為感染而死亡，故此，這一場手術死了三個人。

當然，在那個時代，我們相信他有需要加快手術速度，不過為了求快不但救不了病人，反而同時令三個人失去了性命，是否得不償失呢？

想一想

1 趙威后先重視身份低下的人民，然後才問候尊貴的國君，你同意這個觀點嗎？為甚麼？

2 有人說，在求學時期，學習知識比修煉品德更重要。又有人說，品德和知識是沒有本末之分，同樣重要。你較支持哪一種說法？為甚麼？

成語 這樣用

1 我們不能僅僅在包裝上花工夫，而不注重產品的質素，如果繼續**捨本逐末**，客戶自然會離棄我們。

2 小麗參加校際話劇比賽，她一心想當女主角，但只把心思花在戲服化妝之上，沒有認真掌握角色情緒，這個**捨本逐末**的做法，只怕難以讓她如願以償。

來 換個 說法

本末倒置
主次不分

偏要唱 反調

追本溯源
按部就班

一齊來寫字

**捨** 11劃
一 丁 扌 扌 扵 扲
扲 扲 扲 捨 捨

**本** 5劃
一 十 才 木 本

**逐** 11劃
一 ㇇ 万 豸 豸 豸
豕 豖 逐 逐 逐

**末** 5劃
一 二 ╪ 未 末

107

# 釜底抽薪

在「三國時代」之後，中國進入了紛亂的「魏晉南北朝」。曹操的兒子成立了曹魏政權，但沒過多久，便由司馬炎的晉朝取代了；晉朝又分為東晉和西晉兩個時期。大約一百五十年之後，國家又再分裂，自此之後，南北經歷了接近一百七十年的對立，在這段時間，南朝包含了四個朝代，北朝也分為五個，史稱「南北朝」，亦常常把「三國」之後，這段充滿戰爭的三百多年，合稱為「魏晉南北朝」。

在南北朝時期，北朝的東魏，有一位名叫侯景的大將軍，背叛東魏，跑到江南，投降梁朝的梁武帝蕭衍。他請求梁武帝幫助，給他軍隊回去攻打東魏。不過，東魏的軍隊戰鬥力很強，侯景還是被打敗了。

東魏的中書侍郎魏收寫了一封〈為侯景判移梁朝文〉送給梁武帝，他說：侯景是一個反覆無常，翻手為雲，覆手為雨的小人，誰的勢力大，就投靠誰，毫無節操可言，對於侯景這樣的人，不能收留，只能是「抽薪止沸，剪草除根」，以免後患無窮。輕則引起各種紛爭，重則敗壞綱紀，危及社稷。但是梁武帝沒有聽取魏收的勸告，他天真地認為，只要安排得適當，不會出問題的，因此，他還是留下了侯景。

後來，果然不出魏收所料，在社稷危難之際，侯景又一次背叛了梁朝，給梁朝帶來災難。如果梁武帝聽取魏收的意見，把禍端侯景趕走，就可以及早阻止災禍的發生。而魏收在那封信中寫的「抽薪止沸」，後來演變為「釜底抽薪」這句成語。

「抽薪止沸，剪草除根。」

——〈為侯景叛移梁朝文〉

## 注 釋

釜：古代的一種鍋具。

薪：柴。

釜底抽薪：古人用柴生火，燒水煮飯都
依靠柴火。在鍋底下抽出柴
火。比喻從根本上解決問
題，也指暗中進行破壞。

古籍小知識

這篇〈為侯景判移梁朝文〉是北朝東
魏的魏收所寫，送給的南朝梁武帝蕭
衍的一封信，指出侯景不可相信。不
過，梁武帝沒有聽取意見，導致後來
的「侯景之亂」，令南朝實力大減。

## 甚麼才是最基本的問題

古代打仗，最難處理的，往往是糧食的問題，士兵們餓着肚子，當然沒有氣力打仗。所以，最直接的「釜底抽薪」方法，就是去搶糧倉，敵人軍隊沒有了糧食，自然沒有力氣打仗。

中國的萬里長城也是用了這個概念。萬里長城綿延萬里，但城牆高度並非難以攀爬，較為高大的人是可以翻越過去的，於是引來質疑：低矮的城牆，究竟如何抵禦敵人進攻？要知道長城是建立在巍峨的山脊之上，前來進攻的敵軍不容易爬上山來；而城牆的高度也令敵人的戰馬無用武之地；但最令敵人頭痛的，他們多數是遊牧民族，以牛羊作為糧食，即使能攻入城牆，作為糧食的牛羊也過不了城牆，等於截斷了糧食補給。

「釜底抽薪」也是兵法《三十六計》中的第十九計，意思是不與敵人正面交鋒，反而消滅他賴以強大的力量，從而擊敗對方。但若是不小心錯用了「釜底抽薪」，很可能會釀成悲劇。

我自小喜歡武俠小說，印象中，最失敗的「釜底抽薪」，在金庸小說《書劍恩仇錄》中發生。故事發生在清朝乾隆皇帝時期，男主角陳家洛希望「反清復明」，用硬碰硬的方法，想要推翻清朝，當然沒有可能。不過，他發現了一個秘密，原來，乾隆皇帝是他兄長！

故事是這樣的，上一代皇后生了個女兒，她知道有一個姓陳的大官生了個男嬰，於是偷龍轉鳳，把男嬰換了過來成為皇子。皇后「誕下」皇子，地位穩固了，男嬰長大後也就成為了乾隆皇帝。陳家洛就是陳家的第二個兒子，他想，這麼一來，乾隆皇帝的真正身份，其實就是漢人了，這個政府雖然是滿清的，但皇帝卻是漢人，由他來推翻清朝政府，恢復明朝，不是最容易嗎？於是，他認為這是「釜底抽薪」的方法，千方百計去說服乾隆皇帝。

乾隆皇帝的確是推翻滿清皇朝的關鍵人物，不過，對他來說，自己是否漢人血統，真的有那麼重要嗎？試想想，他若真的也來反清復明，即使成功了，還是他來當皇帝，冒這一個險，完全沒有額外的好處，有甚麼理由要做這椿生意？乾隆皇帝想的反而是，千萬不要讓別人知道這個秘密，好等自己安安穩穩地繼續當皇帝。不難想像，陳家洛的計劃最後也是失敗了，所以，「釜底抽薪」的計策，要考慮周詳才可以使用，否則的話，搞錯了「薪」的本質，就會變成「抱薪救火」，用了錯誤的方法，結果不但沒有解決問題，反而擴大災害。

想一想

1 如果擔心上學時會遲到，有甚麼「釜底抽薪」的方法？

成語 這樣用

1　這個小區開始出現鼠患，大家要合力做好公共衛生，**釜底抽薪**，才可以避免問題鬧至不可收拾的地步。

2　公司早年過份擴張，聘用了很多冗員，現在精簡人手，也算是一個**釜底抽薪**的方法。

來 換個 說法

抽薪止沸

偏要唱 反調

火上加油
抱薪救火

一齊來
寫字

**釜** 10劃
ノ ｜ 八 ｜ 少 ｜ 父 ｜ 父 ｜ 爷
爷 ｜ 爷 ｜ 釜 ｜ 釜

**底** 8劃
、 ｜ 亠 ｜ 广 ｜ 广 ｜ 庄 ｜ 庄
底 ｜ 底

**抽** 8劃
一 ｜ 丁 ｜ 扌 ｜ 扣 ｜ 扣 ｜ 扣
抽 ｜ 抽

**薪** 17劃
、 ｜ 十 ｜ 十一 ｜ 艹 ｜ 艹 ｜ 艹
芏 ｜ 芅 ｜ 芏 ｜ 辛 ｜ 莘 ｜ 莘
莘 ｜ 薪 ｜ 薪 ｜ 薪 ｜ 薪

# 買櫝還珠

一個楚國商人遠遊經商，去了鄭國賣珠寶。他用名貴的木蘭香木製作了一個匣子放珍珠，匣子用肉桂和花椒調制的香料薰香，再嵌上紅色的美玉和綠色的翡翠作為裝飾。結果這盒包裝精美的珍珠吸引

了不少人，最後有個鄭國人買下了這盒珍珠，
留下匣子卻把裏面的珍珠還給了商人。

買珍珠的客人只看見精美的盒子，卻不要真正
有價值的珍珠。可見這位客人不分主次，錯把

裝飾當成主角，失去了真正有價值的東西。而賣珍珠的商人為了推銷珍珠，本想用匣子的精美來襯托珍珠的名貴，但卻過分注重盒子外表，令客人只被盒子吸引，而忽略了珍珠的價值。

這故事提醒大家做事要分主次，不要本末倒置，因為注重外表，而忽略了事物的本質。

楚人有賣其珠於鄭者，為木蘭之櫃，薰以桂椒，綴以珠玉，飾以玫瑰，輯以羽翠，鄭人買其櫝而還其珠。此可謂善賣櫝矣，未可謂善鬻珠也。

—— 《韓非子 · 外儲說左（上）》

## 注 釋

**櫝**：粵音「讀」，拼音「dú」，匣子。

**為**：製造。

**木蘭之櫝**：用木蘭這種香木造的小匣。

**薰**：用香料的氣味接觸物體，使之沾上香氣。

**桂椒**：肉桂和花椒這兩種香料。

**玫瑰**：比喻紅色的玉石。

**輯**：點綴、裝飾。

**羽翠**：當為「翡翠」，綠色的玉石。

**鬻**：賣，粵音「育」，拼音「yù」。

古籍小知識

《韓非子》是戰國時代「法家」代表人物韓非的著作。韓非和李斯都是著名法家思想家荀子的學生，大家都在秦國當官，不過，李斯恐怕韓非受到重用，所以陷害韓非，把他關到牢裏。最後，韓非死在獄中。韓非雖然不能在官場作出貢獻，但他的作品《韓非子》，卻是君王之術的經典，當中的法治制度對後世影響深遠。

## 港人搶購史諾比贈品的集體回憶

記得看過這樣一段新聞：中國溫州一張姓男子發現郊區一間存放涼茶飲料的倉庫無人看管，於是混進了倉庫，偷走了二千多箱共三萬多瓶涼茶飲料。張姓男子連同兩位經過該處回收紙箱膠瓶的人連夜將瓶中飲料倒掉，他們的目標是紙箱與空膠瓶。最後他們把這些空瓶與紙箱賣了九百多元人民幣，三人平分了這筆錢。但其實這批涼茶飲料本總值十七萬。這位張姓男子當然被拘捕了，這新聞也在網上瘋傳。

這個「竊瓶還涼茶」的故事，只怕連韓非子也無法想像得到。當然，這兒絕對不是鼓勵偷竊，但當十七萬元的貨物到手了，在小偷眼中卻只看到那幾百元的水瓶與紙箱，也的確是錯誤判斷事物的本質價值，其中的落差，出乎常人的想像。

在商業世界中，過度包裝的例子比比皆是。事物的本質價值，往往被大量精美包裝所掩蓋，不過，身處現代，我們變得精明了，可以看穿這些偽裝的表象，也可以欣賞這種包裝的藝術與心思。例如五星級酒店的一杯奶茶，是茶餐廳的三倍價值，而我們往往「買」的是酒店

餐廳的環境和格調,「吃環境」已被列入事物的另一種本質,賦予了價值。

另一項商業行徑更為大眾接受,可能你都有過經驗,為了某個玩具贈品,去快餐店吃一個不特別喜歡的套餐,那個套餐已經成為了玩具的附屬,孰主孰次,一開始就已經逆轉位置。在一九九八年,快餐店在香港推出史諾比贈品系列,一套二十八款,每一款都穿上一個國家的特色服裝,掀起了搶購潮。有人為了玩具而吃漢堡包;也有人買了套餐,竟丟棄了食物,只保留史諾比玩偶。二十年後,在一個「麥當勞玩具樂園」展覽中,這套史諾比玩偶珍藏,成為了香港人的集體回憶,我戲稱為「買狗還包」。

黃獎 講故

1 你最喜歡的贈品是甚麼?

2 你曾經被精美包裝或外表吸引,而買下甚麼不實用的東西(例如文具、書包、飾物等)嗎?試與同學或家人討論,訂下兩項我們購買物品時應有的原則。

成語這樣用

1. 這個世界上，有許多附庸風雅、虛有其表的收藏家，沒有鑑賞能力，會做出**買櫝還珠**的傻事，大家要以此為戒。

2. 包裝再好也只是外表，我們要選一本好書，不能單憑封面設計去作判斷，否則，**買櫝還珠**，也不知道會錯過了甚麼！

來換個說法

捨本逐末
本末倒置

偏要唱反調

去蕪存菁
取精用宏

一齊來寫字

**買** 12劃
丶 冂 冂 罒 四 罒 罒
罒 罒 冒 買 買

**櫝** 19劃
一 十 才 木 木 木 木
木 桔 桔 梼 梼 梼 梼
梼 梼 梼 櫝 櫝

**還** 17劃
丶 冂 冂 罒 四 罒 罒
罒 罒 罗 罗 罗 罘 環
環 環 還

**珠** 10劃
一 二 干 王 王 玗 玗
玗 珠 珠

123

diāo chóng xiǎo jì

# 雕蟲小技

diu1 cung4 siu2 gei6

「雕蟲小技」的「蟲」，指的是「鳥蟲書」，中國古代的一種書法字體，模仿鳥和蟲的形態。全句是說一些像雕刻、蟲書的小技藝，通常是文人自謙的說法。中國漢代哲學家揚雄的著作《法言》提到，有人問他是否喜歡作賦，他說那是少年時「雕蟲篆刻」之作，成年之後就不寫了。他的意思是，「雕蟲篆刻」

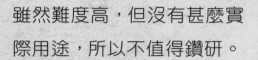

雖然難度高，但沒有甚麼實
際用途，所以不值得鑽研。

到了北齊，大文學家李渾對歷史學家
魏收說：「雕蟲小技，我不如卿；國典
朝章，卿不如我。」那就是指，魏收精
通雕刻蟲書，但只是美觀裝飾；而李渾
擅長的是制定國家的規章制度，
對社會民生有直接裨益。

到了唐朝，有一個叫做韓朝宗的大官，很有名望，經常推薦年輕人去擔任有前途的工作。有一個姓李的年輕人，寫了一封信給他，請他幫忙介紹工作，信的最後兩句是這樣寫的：「恐雕蟲小技，不合大人。」那就是說，恐怕我的文章，只是一些微不足道的小伎倆，不夠水準。這個謙虛的年輕人，後來成了名，他就是詩仙李白！

從此以後，大家就用「雕蟲小技」，形容自己的文章或技術，只是一些微不足道的小伎倆。

雕蟲小技，我不如卿；國典朝章，卿不如我。

——《北史·李渾傳》

## 注釋

**卿**：對對方的尊稱。

**國典朝章**：國家與政府的典章制度。

古籍小知識 《北史》是唐朝李延壽所著。屬於「紀傳體」，專門收錄人物傳記。全書共有一百卷，記錄北朝北魏、西魏、東魏、北周、北齊及隋這六個朝代，前後共二百三十三年的史事。

## 微小中藏着大技術

在書法的角度來看，「鳥蟲書」絕不是一般的技術，要學起來，也得花上一番心血，難道這種藝術的傳承，真的是微不足道嗎？「雕蟲小技」通常都是一種謙遜的說法，究竟實際是「大技」還是「小技」，只是個人的感受，並不是十分重要。而且大與小的比較，根本沒有一個準則，大多是相對而言的。醫術可以救急扶危，相信沒有人會認為是小技術，國父孫中山就曾經學醫，不過，他後來覺得，救國比救人更重要，於是投身救國大業，在他的角度來看，救國是大技術，相對比較起來，救人卻變了小技術了。

說到「小技」，很多時，都需要更高的技巧，花更多的心思。大家來猜一下，世界上最短的小說，究竟有多短，要多少字才可以說一個故事？傳說中，在上世紀二十年代，英國名作家海明威和朋友閒聊時，有人提議來一個比賽，看誰能寫出最短的小說，海明威就寫下了六個字：「For sale. Baby shoes. Never worn.」翻譯為中文，就是「嬰兒鞋有售，從未穿過。」我們看看這個故事，主角沒有出現，不過，讀者稍一思考，便想到嬰兒夭折了，傷心的父母把本來準備好的鞋子賣掉，一個令人痛心的故事，便躍然紙上，言簡意賅。

當然，這個比賽由海明威勝出，不過，自從他訂下了這

六個字的最短標準，許多作家也來挑戰這個極限，當中有很多佳作，我和大家分享一下：

Introduced myself to mother again today.
今天又向媽媽介紹自己。（媽媽年紀大，患上了腦退化症，所以每天都會忘記自己。）

"I do," she said, as told. 她遵從被囑咐的說：「我願意。」（這麼說，新娘子就不是自願地答應這段婚姻。）

Forever only lasted for six months.
「永遠」只維持了六個月。（很多愛情故事都以「永遠快樂地生活在一起」作結局，但這個故事的快樂日子，只有半年。）

"Wrong number!" A familiar voice said.
一把熟悉的聲音說：「打錯了。」（似乎是主人翁打錯了電話，但細心想一想，應該是對方不想接他的電話，佯稱打錯。）

原來中外文化都有這種「小技」，當中包含了不少藝術創意，值得大家欣賞。至於「鳥蟲書」是大技還是小技？每一個人都可能有不同的看法！

**想一想**

1 你覺得「鳥蟲書」和「六個字小說」有趣嗎？有沒有興趣自己試一試？

2 有很多藝術的傳承，都沒有實際的民生功用，我們視之為「小技」，是否合理？為甚麼？

## 成語 這樣用

1 別小看了這碟「二十四橋明月夜」只是蒸豆腐，當中的火候拿捏絕不簡單，不是一般**雕蟲小技**，大家請仔細品嚐！

2 袁醫生不但醫術高明，也是一位油畫大師，但他常常自謙，說只是**雕蟲小技**，大家來畫展欣賞一下，就知道他造詣不凡。

換個說法

鼫鼠之技
鬼魅伎倆

偏要唱反調

神乎其技　　雄才大略
鬼斧神工　　造詣不凡

130

**雕** 16劃

| 丿 | 刀 | 月 | 円 | 冎 | 周 |
|---|---|---|---|---|---|
| 周 | 周 | 周 | 雕 | 雕 | 雕 |
| 雕 | 雕 | 雕 | 雕 | | |

**蟲** 18劃

| 丶 | 冖 | 口 | 中 | 虫 | 虫 |
|---|---|---|---|---|---|
| 虫 | 串 | 串 | 虫 | 蚩 | 蟲 |
| 蟲 | 蟲 | 蟲 | 蟲 | 蟲 | 蟲 |

**小** 3劃

| 亅 | 小 | 小 |
|---|---|---|

**技** 7劃

| 一 | 丁 | 扌 | 扌 | 扗 | 抮 |
|---|---|---|---|---|---|
| 技 | | | | | |

# 至人無夢

戰國時代思想家莊子說，思想道德達到最高境界的人，在睡眠時不做夢，覺醒時不憂愁，不追求美食，呼吸也是深沉舒緩的。寓意品德高尚的人，不會做過分的夢想，自然就可以安樂自在。清朝作家錢彩在《說岳全傳》第五十九回引用：「自古至人無夢，夢境忽來，未必無兆。」講的是岳飛的故事。

岳家軍在朱仙鎮大破金兵後，正準備乘勢追擊，收復河山。忽然朝廷來旨，要岳飛按兵不動，又下了十二道金牌，要他火速回京。岳飛在回程途中，停留一個休息站暫作休息，然而他做了一個夢，夢中兩隻黑犬，面對面蹲着講話，旁邊站着兩個沒有穿着上衣的人。岳飛正感奇怪，忽然江中狂風大作，驚濤裂岸，水中鑽出一個怪物，似龍非龍，向岳飛撲來。岳飛猛然驚醒，心想這個惡夢可能不祥。

第二天，岳飛過了江，來到金山腳下，來尋找金山寺的老朋友道悅和尚，兩人說到當年在瀝泉山的舊事，當時禪師曾經預言，二十年後再得相會，現在果然靈驗！岳飛又說：「下官昨夜發了一個怪夢，特求大師解夢！」道悅禪師說：「自古至人無夢，夢景忽來，未必無兆，不知元帥所得何夢？」結果，道悅禪師為他解夢，說兩個犬字中間一個言，便是「獄」字，預告了他此行有坐牢的危險。

《說岳全傳》在這兒引用「至人無夢」的典故，有雙重意義。首先，有德行的人，是不會胡亂作夢的；然後，你既然作了夢，這夢就必定有意義了。大和尚跟岳飛說的，是指你本來應該是一個、有思想，有抱負的人，心緒不寧，可能是有不尋常的事情會發生，這時的「夢」，指的是紊亂的心情。

當然，這個用法和「至人無夢」的初衷又不盡相同。在莊子的心目中，達到了至人的境界，就會有清晰的理想，不會自尋煩惱，這個「夢」字，指的是胡思亂想，是無根的思緒。

> 古之真人，其寢不夢，其覺無憂，
> 其食不甘，其息深深。
>
> ——《莊子·大宗師》

## 注釋

真人：指思想道德等方面達到最高境界的人。

寢：睡覺。

覺：醒來。

無憂：沒有過分的擔憂掛慮。

食：食欲。

不甘：不在乎食物味道的酸甜苦辣。

息：一呼一吸之間的停頓。

深深：非常深沉。

## 夢想與胡思亂想

我常鼓勵大家追求夢想,但夢想有很多種,跳舞與寫作是夢想,買樓去旅遊也可以是夢想,甚至做歌星選港姐都是夢想,那麼,為甚麼說「至人無夢」呢?

恰巧,我看到一樁新聞,在二〇一四年十一月,中國紹興有一對夫妻,居然就因為一個「夢想」打了起來。這對夫妻半夜睡不着覺,就躺在床上聊天。丈夫說,如果哪天自己中了五百萬,那可以想買甚麼就買甚麼了。妻子問了一句:「老公呀,如果你真中了五百萬的話,打算怎麼分這筆錢呢?」

「先給自己買輛好點的車,再給自己買一部手機和一台電腦,擠一點給父母,房子也可考慮換一下……」老公講得滔滔不絕,但妻子不滿意了。「我為了這個家做了這麼多事情,你居然一點也不分給我,你真的一點良心也沒有。」妻子開始時只是抱怨了幾句,後來,就越罵越傷心。夫妻倆從床上吵到了床下,最後,兩人居然打了起來,妻子哭着打了電話報警。警察以為是家庭暴力,可是仔細一問,居然

還有這樣一場糾紛，真不知道怎麼入手調解。這事情見了報，相信也沒有控告他們浪費警力，只是讓人笑話罷了，不過，就恰好替我們做了一個「至人無夢」的反面教材。

胡思亂想和夢想是兩回事。「至人無夢」的夢，是傾向「痴人說夢」的夢，屬於「想入非非」的痴想，例如是想憑運氣中彩票，甚至是碰到阿拉丁神燈得到三個願望。夢想則是一些掌握之外的願望，你不介意為達成心願而付出努力，甚至樂於犧牲眼前一些短期利益，也希望成就得到的目標。

1. 嘗試舉一個屬於人生夢想的例子；再舉一個屬於痴人說夢的例子。

2. 假如你有一個夢想，你願意為夢想犧牲一些玩樂的時間嗎？試由今天開始，為你的夢想訂下計劃，然後與家人分享，並付諸實行。

成語這樣用

1. 老張這個人天性樂觀，好像甚麼事都不會對他造成困擾，他說他做人很簡單，不會胡思亂想，每天晚上一躺下來就能入睡，睡醒就已天亮，真是**至人無夢**的境界。

2. 弟弟整天都有不同的幻想，昨天想做音樂家，今天想做足球員，就是不肯專心做一件事，真的要提醒他**至人無夢**的道理，否則，他把一切的精神都放在空中樓閣之上，多數不會有理想成果。

來換個說法

清心寡慾

偏要唱反調

胡思亂想
想入非非

一齊來寫字

**至** 6劃  一　工　云　玊　죽　至

**人** 2劃  丿　人

**無** 12劃  丿　ヒ　ヒ　ケ　午　缶　無　無　無　無　無　無

**夢** 14劃  丶　亠　艹　艹　艹　芍　艹　艹　苗　苗　莔　夢　夢　夢

小遊戲

# 一起遊花園

公園內的小橋流水、亭台樓閣中藏了不少挑戰，如果你熟悉書中的成語，一定能逛得完這座小公園。

**朝三暮四**
説出「朝三暮四」與「朝秦暮楚」的分別。成功：直接勝出。

**雕蟲小技**
用十個中文字講一個故事。成功：直接勝出。

**釜底抽薪**
想出勝負關鍵了嗎？成功在望了，再擲骰一次，繼續前進！

**掩耳盜鈴**
説謊被捉到了，後退三步。

**捨本逐末**
這兒不是目的地，再擲一次，向前繼續走。

找到雕龍滑板，前進兩步。

**出口**

**愛屋及烏**
講出一個朋友最愛的東西。
成功：行前三步
失敗：退回原位

**入口**

140

講一個夢想，並前進一步。

至人無夢

買櫝還珠
你另有目的，不要留在這裏，前進兩步。

刻舟求劍
用錯了方法，找不到配劍，暫停一次留在原地鑄劍。

玩物喪志
沉迷玩樂，暫停擲骰一次。

天網恢恢
做了壞事，得到報應，退回起點。

睚眥必報
被仇家找到，退後一步。

相濡以沫
與同伴互相扶持，每人各擲骰一次。

殃及池魚
指定一個同伴與你一起暫停。

# 小遊戲答案

1.  小治最疼愛妹妹，妹妹養了一隻貓，所以，小治也會去寵物超級市場，看看有沒有新的寵物零食，的確是 愛屋及烏 的表現。

2.  小佐是一個 睚眥必報 的人，如果開罪了他，他是不會輕易罷休的。

3.  愛德華和弟弟自幼無依，過了很多年 相濡以沫 的日子，故此，他們長大之後，兄弟間的感情非常融洽。

4.  胡迪自作聰明，在家中做化學實驗，一不小心弄了一場小火災，鄰家的小光被 殃及池魚 ，哮喘發作，病了好幾天。

5.  世間萬物都有各自的生長規律，人類雖是萬物之靈，但也不能隨意破壞大自然的生態法則，如果我們大量獵殺動物，砍伐森林，則 天網恢恢 ，地球暖化，夏天酷熱，冬天消失，將會是人類的報應。

黃獎潮讀系列①
# 成長的寓言

作　　　者：黃　獎／
繪　　　者：楊淳淳
出版總監：劉志恒
主　　編：譚麗施
美術主編：陳愷瑩
特約編輯：莊櫻妮
出　　版：明報教育出版有限公司
　　　　　香港柴灣嘉業街 18 號明報工業中心 A 座 15 樓
　　　　　電話：(852) 2515 5600　　傳真：(852) 2595 1115
　　　　　電郵：cs@mpep.com.hk
　　　　　網址：http://www.mpep.com.hk
發　　行：香港聯合書刊物流有限公司
　　　　　香港新界大埔汀麗路 36 號中華商務印刷大廈 3 樓
印　　刷：美雅印刷製本有限公司
　　　　　香港官塘榮業街 6 號海濱工業大廈 4 樓 A 室
初版一刷：2020 年 7 月
定　　價：港幣 78 元｜新台幣 355 元
國際書號：ISBN 978-988-8558-07-0

© 明報教育出版有限公司
**版權所有，翻印必究**
如未獲得本公司書面同意，不得以任何方式抄襲、節錄及翻印
本書任何部分之圖片及文字

## 補購方式

網上商店

- 可選擇支票付款、銀行轉帳或 PayPal 付款
- 可親臨本公司自取或選擇郵遞收件

黃獎潮讀書房

https://www.mpep.com.hk/store

親臨補購

- 先以電話訂購，再親臨本公司以現金付款
- 訂購電話：2515 5600
- 地址：香港柴灣嘉業街 18 號明報工業中心 A 座 15 樓　明報教育出版有限公司

## 讀者回饋

感謝你對明報教育出版的支持，為了讓我們能更貼近讀者的需求，
誠邀你將寶貴的意見和看法與我們分享，請到右面的網頁填寫讀
者回饋卡。完成後將有機會獲贈精美禮物。數量有限，送完即止。

https://www.mpep.com.hk/fable